短時間で読める心温まる物語

黄泉《よみ》の国《くに》のほとりで

併録・蒼い

ビーヘル 著

鉱脈社

はじめに

この本を手にとっていただき、ありがとうございます。

今回は、二つのお話をご用意しました。

一つ目は、〝黄泉の国のほとりで〟です。

ある医師が亡くなり、黄泉の国で不思議な女性アヤメと出会います。また、そこで出会う人々との交流や、彼の苦悩を書いています。約六十分で読める物語です。

二つ目は、〝蒼い〟です。

結婚寸前であったある男女にふりかかる突然の不幸と、その女性の父親、そしてロボットが繰り広げる物語です。約十五分で読める物語です。

少しでも、皆さんの心の糧《かて》となれば、幸いです。

著者　ビーヘル

目次

お茶を飲みながら60分で読む物語

黄泉《よみ》の国のほとりで

第一章　この世との別れ

六十歳の私は、都会の雑居ビルで小さな内科クリニックを営んでいた。大学卒業後、いくつかの病院で働いた経験を経て、このクリニックを開業。しかし、私の人生は孤独だった。

母はすでに亡くなり、父とは絶縁状態。兄弟もない。親戚ともほとんど連絡を取らず、友人もいなかった。かつては結婚していたが、それも今は過去の話。「病気になったら、死んだら、どうなるのかな？」とよく考えていた。

日常生活といえば、無口なこともあり、ほとんど誰とも会話がなかった。クリニックでの外来患者と話すことが、唯一の日常的な会話。

「地震の被災者、大変ですね」

「明日は我が身ですね」

「しっかりお薬を飲んでくださいね。脳梗塞になりますよ」

などと、患者とのやり取りは、のんびりとしたものだった。

ある土曜日の夕方、仕事を終えてネットを見ていると、携帯電話が鳴った。

「先生、呼吸が止まりそうです。お願いします」

私のクリニックは近くの老人ホームと提携しており、病院に依頼するほどではない肺炎の治療や、死亡確認などを行っていた。急いで老人ホームに向かった。

到着するや、その患者さんの部屋の前で担当の看護師さんが「ここです」と合図をしていた。部屋に入ると、七十六歳の男性がベッドに横たわっており、彼は肺炎をこじらせていた。最近では話すこともできず、家族も身寄りもなく、認知症も進行。私は抗生剤などを投与したが、反応は少なく、状態は急速に悪化していた。

結局、私は必要最低限の点滴と抗生剤で様子を見ることに決めた。これは事実上「撤退」に近い決断であった。

これまでの経験では、多くの病院で難しい状況に直面しながらも、患者さんやご家族の意向に基づき、可能な限り治療を試みることが多かった。しかし正直に言うと、多くの場合、その努力は無駄だったかもしれない。治療によって患者の全身のむくみは強くなり、呼吸も苦しくなる。使用する薬の量も増える。

しかし、なかにはこの男性のように病状が厳しい場合、年齢や家族の意向に基づいて「撤退」を選ぶこともあった。「撤退」という選択については、最終的には家族も受け入れてくれることがほとんどだったが、最初は家族にとって辛い選択であることが多かった。「撤退」という手段を選ぶと、患者のむくみや呼吸苦は減少し、「枯れていく」状態となることが多い。私はこれを「勇気ある撤退」と考えている。

この男性も、そうして枯れていった。喘ぐような呼吸が続き、その間隔は次第に長くなり、最終的には呼吸と心臓の動きが止まる。光による瞳孔反射の消失や心音の停止を確認し、死亡診断を行った。そして「七十六年間、お疲れ様でした」と言い、深々と頭を下げた。

この男性はどのような人生を歩んだのだろう。生まれた時、両親はどれほど喜んだことか。幼い頃は「高い、高い～」と抱きかかえられて、あやされたかもしれない。若い日の初恋の記憶は、彼の心にどのような影響を与えたのだろう。彼が従事した仕事の重荷、引退後の感情や生活はどのようなものだったのだろう。彼の人生の全てを知ることはできないが、最期の瞬間を共有できたことは、私にとって医師としての重い責任と、人間としての深い共感を覚える瞬間だった。

ある夜、私はお気に入りの定食屋に立ち寄った。そこで麻婆豆腐と焼き魚を注文し、店内のテレビを見ながら食べていたが、何故か食欲が湧かなかった。「夕方食べたチョコレートが多かったのかな?」と思いつつ、料理を半分残した。

その後も食欲は戻らず、体重も少しずつ減っていった。不安になり、朝、仕事が始まる前に自分で肝臓・膵臓《すいぞう》・腎臓のエコー検査を行った。「やはり……」。膵臓の頭部が腫大し、膵管が拡大しているのが見えた。

その後、近くの病院でＣＴ検査を受けた。結果は、膵臓に腫瘍があり、周りのリンパ節が腫大し、肝臓にも転移を疑う影があった。そこは消化器専門ではなかったため、私はその結果を持って専門医の外来を受診。血液検査を受けた後、担当医から「膵臓がんです。かなり進行しており、手術も難しく、抗がん剤の効果も限られています」と告げられた。「あとどのくらいですか？」と尋ねると、医師は「半年ぐらいかもしれません」と答えた。

帰り道、以前肺がんの治療をしていた患者さんのことを思い出した。肺炎を併発し、私のクリニックで抗生剤の点滴を行い、翌日、かかりつけの病院に紹介した。その時、彼は「私の人生も、ここで終わりそうですね」とつぶやいた。「そんなことはありません。肺炎の治療をすれば、また落ち着きますよ」と答えたが、それが精一杯であった。

その後、彼が再び来ることはなかった。肺炎が原因で亡くなったのか、それとも肺がんが原因だったのか。

家に帰り着き、今後の〝後始末〟のことを考えた。「あのおじいさんのような終わり方も悪くない」と思った。あのおじいさんとは、老人ホームで孤独に過ごし、静かにこの世を去った男性のことである。

翌日、クリニックのスタッフには「仕事が億劫になってきたので、クリニックを閉めることにしました」と簡単に説明し、閉院の準備を始めた。スタッフに対しては無責任極まりない状態とはわかっていたが、これがベストと考えた。

小さなクリニックだが、閉院の手続きは大変であった。また、病状も進行し、食欲もほとんどなくなり、歩くのがやっとの状態となった。保険や死亡後の葬式や墓の相談に行こうとも考えていたが、その力もなくなっていた。今は、緩和ケア病棟に入るにも順番待ちで、なかなか入れない。そうなると、私のような身寄りのない末期の患者は、迷惑とは思いつつも、いよいよ最後の最後という状態で消化器専門病院を受診するのが良いのではと判断した。

「そろそろかな……」

私はタクシーを呼び、家の外に出た。庭には、青い花を咲かせたアヤメが一輪咲いていた。花姿の繊細さ、青い色彩の鮮やかさが、何か特別な意味を持っているように思えた。そんなアヤメに向かって、「ありがとうね」とつぶやいた。なぜか、それ以外の言葉が見つからなかった。

なんとかタクシーに乗り、病院にたどり着いた。しかし、タクシーから降りた瞬間、私の記憶は途切れてしまった。

第二章　黄泉の国

目を覚ました私は、不思議な世界にいた。空は向こうまで薄暗く、星々がきらめいていた。月はいつもより倍の大きさに見えた。川は月を映しだしながらゆっくり流れる。あちらこちらに見たことのない不思議な花々が咲いていた。また、生暖かい風が静かに漂う。

「そうだ、私は膵がんで歩くことさえ困難だったはずだが……」

と思い出したが、不思議と痛みは感じなかった。私は立ち上がり、周囲を見渡しながら道を歩いた。その時、道の反対方向から五十代くらいの男性が歩いてきた。彼は薄く透けて見え、何かに思い悩むような表情をしていた。男性は急いで歩き去り、私には何も話しかけなかった。そういえば、私自身も薄く透けて見えている。

「江藤さん」

自分の名前を呼ばれた私は、驚いて振り返った。そこには二十四、五歳くらいの女性が立っていた。彼女の姿は他の透けている人々とは違い、輪郭もはっきりとしていた。

「ごめんなさい、驚かせてしまって」と彼女は言った。

「いいえ、大丈夫です。でも、ここは一体どこなのですか？」

「まずは自己紹介。私はアヤメと言います。ここは黄泉の国。亡くなった人が来る世界です。ここに残る魂もあれば、浄化されてさらに安住の世界に行く魂もあるの」

「黄泉の国？」と私は繰り返した。その名前は聞いたことがあった。古事記にも記されている、死者が向かう国。しかし、私はそれをただの作り話だと思っていた。

するとアヤメは、「あ、ちょっと待って」と言って、近づいてくる三十代前半くらいの女性を引き留めた。女性はきょろきょろと周囲を見渡し、何かを探しているようだった。アヤメが「何をお探しですか?」と尋ねると、その女性は「気づいたら夫と二人の息子がいなくて、探しているのです」と答えた。

気づけば私たちはドーム状の映像の中にいて、アヤメは私を見て、いたずらっぽく笑った。映像には川が静かに流れていて、そのほとりに小さな赤ちゃんがいた。「蓮!!」と女性は叫び、「この子、この子が私の息子です」と言った。アヤメが何かを唱えるようなしぐさをすると、私の横にあった木の切り株の下にその赤ちゃんが現れた。女性は泣きながらその子を抱きしめた。

その瞬間、周りの映像が変わり、ある家の一室が映し出された。

そこにはその女性と赤ちゃんがいた。しかし突然大きな地震が発生し、タンスなど家具が倒れた。女性は赤ちゃんを守るために覆いかぶさったが、煙が立ち込め、屋根が落ちてきて激しい音がした。映像が切り替わり、建物が崩壊し、その中に動かない女性と赤ちゃんの姿が映った。それを見た彼女は泣き喚いたが、アヤメは何も言わず、ただ黙ってうつむいていた。

それからどのくらいの時間が経っただろう。女性が話し始めた。

「大きな地震があり、家が壊れて、屋根が落ちてきたのです。今までにない揺れで……それまでは覚えているのですが……」

アヤメは「蓮君を守るために覆いかぶさったのね。あなたは、見事に蓮君を助けたの。ただ、救助が遅くて……二人とも……」と告げた。

「そうだったのですね、私たちは死んだのですね」

何にもわからない蓮くんは、母の顔を見て嬉しそうに笑っていた。

「そうだ。夫は？　お兄ちゃんの湊は？」

映像が変わる。そこは田舎の一軒家。「おじいちゃんの家にいるみたいね」とアヤメ。映像の中には、女性の夫と長男の湊くんが身を寄せ合って寝ていた。枕元には家族四人で撮った幸せそうな写真があった。

「無事だったのね。良かった……」。彼女は安堵の声を上げた。

「そう。こういう事情だったの。子どもさんたちが大きくなるのを見ることができなくて残念だけど……」とアヤメは言った。

そして、その女性は、やさしく蓮くんを抱きしめた。

しばらくすると、川辺に小舟がやってきた。母親と赤ちゃんは、その小舟に乗り込む準備をしていた。

「あっ、ちょっと待って。これは今の現世」

アヤメは再び映像を映し出した。映像には、夜中の家の一室がうっすらと映されていた。湊くんがトイレの電気の下で、小さな手を合わせ、お母さんと弟の写真を拝んでいる様子が映し出されていた。女性はその光景を見て、涙をこぼし始めた。もう、この子と一緒にいてあげられない。大きくなった姿も見られない。また、自分が急に去って残された夫への、申し訳ないという気持ちと感謝の気持ちが伝わってくる。

彼女は私たちにゆっくりと頭を下げ、蓮くんとともに小舟に乗り込んで、ゆっくり下流へと進んでいった。

やがて二人の姿は消え、小舟だけが静かに流れていった。

第三章　アヤメ

「良いお仕事ですね」

私はアヤメに言った。しかし次の瞬間、アヤメの言葉に私は驚いた。彼女は西暦二五〇一年の未来から送り込まれた機械なのだという。

人間の魂が黄泉の国に到着し、心の葛藤や疑念を抱えて漂い続けるという事実に、私は深く考えさせられた。アヤメの仕事は、そんな魂たちの話を聞き、過去の映像を通して彼らが自分の人生に納得し、安住の世界に旅立つのを手伝うことだった。

多くの魂が、人生の未解決の問題や葛藤を抱え、黄泉の国に蓄積されていく。これにより、黄泉の国はパンク状態に陥る危険があった。人間がこの仕事を行うと精神的に疲弊するため、機械であるアヤメのような存在が必要になったのだ。昔話に出てくるような黄泉の国が、最新の技術によって支えられているという事実は、人間の生死の複雑さと、科学技術の進展の奇妙な関係を示していた。

アヤメの存在は、この幽玄な世界に未来の風をもたらし、魂たちの旅立ちを優しくサポートしている。この不思議な交流は、黄泉の国という世界に深い意味を与え、その背後にある人間の心理や感情、そして未来の可能性について考えさせられるものだった。

アヤメは続けた。

「実はね、あなたの死期を早めたのは私なのよ」

彼女の声は柔らかく響いた。「え?」。私の心臓は突然激しく脈打ち始めた。信じられない言葉に、全身に鳥肌が立った。

「私には、その人の運命を変えることはできない。だけど、決まった時期を前後させることはできるの」

アヤメはじっと私を見つめながら語り続けた。

「どうして私の死期を？」私は震える声で尋ねた。

「現世を監視していた時、偶然あなたを見つけたの。他の人々を見守っている中で、あなたと何度も出会ったのよ。あなたは膵がんでこの世を去る運命だった。しかし、予定されていたよりも長い入院生活によって、床ずれや精神の錯乱を起こし、多くの人々に迷惑をかけることになるはずだった。あなたは無口でしょう？　思っていても感謝を口にできない。やがてあなたは厄介者として亡くなる運命だった。それはあまりにも不憫で……。何かの縁だと思って、死期を早めてあげたの」

アヤメの言葉に、私は声を失った。

「早めてあげた……か……」

「最後に、庭で何か見なかった?」アヤメは静かに尋ねた。

「特に見た覚えはないけど……。そうだ、タクシーに乗る前に、一輪の花は見たけど……」

「そう、それよ。アヤメが咲いていたでしょう? 植えた覚えのない花。アヤメの花言葉は〝メッセージ〟。あの花を使って現世との調整をしていたのよ」

完全には納得できないが、そうだったのかと、なんとなく理解し始めていた。そうだ、その花に「ありがとうね」と言ったのは、私に訪れるはずだった不運な末路を回避できた感謝の気持ちだったのかもしれない。

第四章　自分にとって大事なこと

「ふざけるなー！」と、遠くで男が絶望に満ちた声で叫んでいた。「あら、どうしたのかしら？」アヤメは興味深げにその方向へと歩を進めた。私も彼女に続いていった。

「ここは一体どこだ！　大事な契約があったのに！」

男は焦燥と不安に駆られていた。再び、私たちは映像の中にいた。男は驚きつつ、映像に見入った。彼は契約書を手に車に乗り込む。しかし、しばらくして動きがおかしくなり、意識を失った。幸いにも車はガードレールに擦れながら減速して停止した。

後ろを走っていたドライバーの男性が状況を確認しに来て、救急車を呼んだ。男性は道路上で男に心臓マッサージを施した。救急車が到着し、救急隊員も心肺蘇生を続けながら病院へと急いだ。病院でも懸命の救命処置が行われたが、最終的に、治療室に駆け込んだ女性、おそらく彼の妻に、男の死が宣告された。白い布が男の顔を優しく覆った。

「なぜだ……どうして……」男は失意の中でつぶやいた。彼の肩は重たい絶望に沈んでいた。

「俺は……死んでしまったのか……」

アヤメは彼に近づき、「どういう経緯だったのですか？　何かお手伝いできることがあるかもしれませんよ」と優しく声をかけた。男はゆっくりと話し始めた。

「一か月前ぐらいから夜になると息苦しくなり、目が覚めることが多くなった。最近は両足もむくみ始めて、近くのクリニックに行った。そしたら急に、心不全と言われた。弁の異常があるかもって。すぐに専門病院に行けと言われ、紹介状をもらった。急いだほうがいいと。ただ、一週間後に大事な契約があり、それがひと段落してから行こうと……」

男の声は震え、目には悔恨の涙が浮かんでいた。アヤメは彼に深い同情を示し、柔らかい声で励ました。

「大切なことを先送りにしてしまうこと、私たちにはよくあることです。でも、時にはその選択が、想像もしない結果を招くことも……」

私にも似たような経験があった。私は社会の一員として、自分が診療を休むことは大きな影響を及ぼし、許されないと信じていた。五十歳の時、私は突然の脳出血で緊急入院することになった。多くの人に迷惑をかけた。しかし、私が入院している間にも、世界は普通に動き続けていた。その時、自分がいかに取るに足らない存在か、そして自分自身をもっと大事にすることの重要性を痛感した。

「あなたも、仕事を優先してしまい、結局はこうなってしまったのですね……」私は思わず口にした。アヤメは私の言葉に静かに頷いた。

「人は時として、自分の健康や幸福を犠牲にしてしまう。でも、結局のところ、自分がいなくなっても世界は変わらず回り続ける。だからこそ、自分を大切にすることが何よりも重要なのよね」

私もかつては医者として現世にいた。男性の話を聞いて、ある可能性が頭に浮かんだ。

「以前に意識消失や、動いたときに胸の違和感はありませんでしたか？」

「そういえば、半年くらい前から、時々意識が遠くなるような感じがしていました。階段を登るときも、胸がいつも以上に苦しくなっていたのです。でも、仕事の疲れだろうと思っていました……」

「おそらくあなたは、心臓の出口が動脈硬化などで開かなくなる〝大動脈弁狭窄〟という病気だったのでしょう。この病気は徐々に進行し、失神や労作時胸部不快という狭心症の症状を起こします。そして、かなり重症になると心不全の症状を起こします。これを解除するには急いで手術するしかないのです。ただやっかいなことに、ここまで重症だと突然死の可能性もあります。あなたは、残念ながら突然死を起こしてしまったのかもしれません」

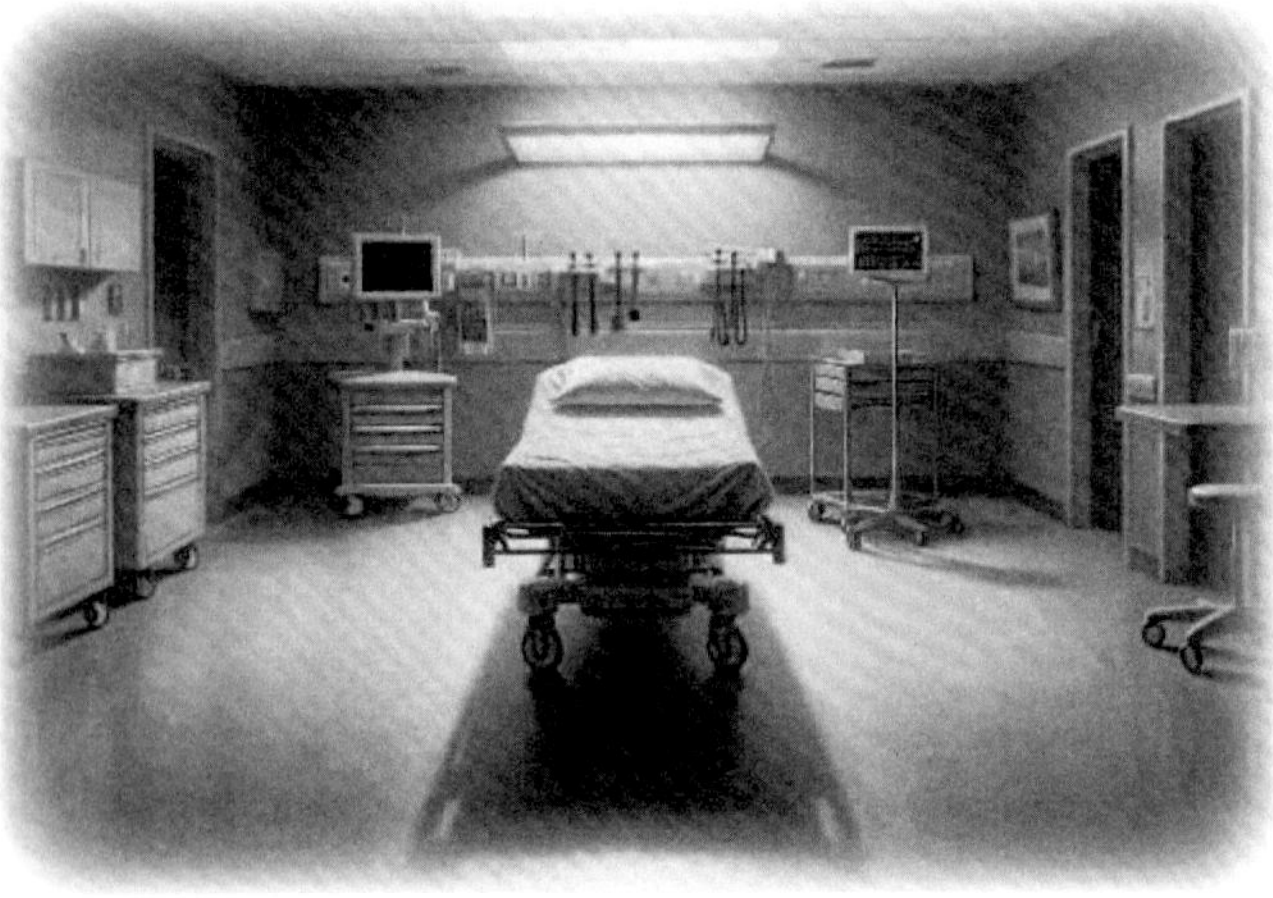

男性は急にだまりこみ、遠くを見つめていた。アヤメは男性に同情の眼差しを向けた。映像は、男性が日常生活を送る中で、時折現れる身体の警告信号を無視している様子を映し出す。仕事の忙しさに追われ、健康への注意を怠る彼の姿が描かれる。そして、突然の意識消失と病院への搬送、最終的には命を救うことができなかったシーンへと移行する。

私たちは、男性に慰めの言葉をかけた後、静かにその場を離れた。ふと、アヤメに向かって「少しは役に立てたかな?」と尋ねた。彼女は優しく微笑みながらうなずき、「彼が納得できれば、川に流れる小舟に乗ると思うわ」と答えた。

私たちは、川のほとりを歩いていた。どのくらい時間が経過したであろうか。川には小舟がゆっくりと流れていき、その舟は穏やかな水面を滑るように進んでいった。舟は彼の魂を象徴し、彼が今の状況を受け入れ、安らかな旅へと進むことを示している。
「彼が心穏やかになりますように」と私は心から願った。

第五章　システムエラー

「私の仕事も、そろそろ終わり。システムエラーが増えてきたの」とアヤメは静かに語った。彼女の存在は謎に包まれていたが、背後には高度な技術と丁寧なメンテナンスがあった。定期的にドックに入り、保全コンピューターと接続されて機能を維持しているが、最近は不具合が頻発していた。そのドックは、川を渡った向こう側にある、東洋の影響を受けた大きな屋根が印象的な建物の中にあるという。

「未来に戻るの？」と私は驚きを隠せずに尋ねた。「そう。でも、私はそこで廃棄されるの」とアヤメは寂しげに答えた。「え？

壊されるの？　修理はできないの？」私は心配と驚きを込めて訊《き》いた。「修理？　昔はそういう言葉もあったけれど、今は新しいものに入れ替える方が早くて安いの」とアヤメは答えた。

「次に来る機械も、君のように親しみやすいかな？」私の声は少し悲しげだった。アヤメには親近感を覚えていた。彼女はただの機械ではなく、特別な存在に感じられた。

「アヤメ、君がいなくなるのは寂しい」

「あら、前世とは大違い。思ったことを話してくれるのね。ありがとう。でも、これが規則よ」

アヤメは、そう言って去っていった。私はアヤメとの出会いを思い返した。子どもを抱えた女性や、突然死した男性も彼女と自然と話していた。めったに人と話さない私も、なぜかアヤメとは自然に素直に会話ができていた。アヤメには不思議な魅力があるようだった。

時間が経ち、私は川向こうのドックがある建物のテラスで、川を見つめるアヤメを見つけた。彼女は川面をじっと見つめていたが、私に気づくと手を振った。「ずっと川を見ていたね」と私が話しかけると、アヤメは答えた。

「黄泉の国では、眠るという概念はないの。現世では、つらいことはあっても、眠る時だけは苦しみから逃れられる。でも、黄泉の国では逃げ場がないの。つらいと思う。だから、少しでも手助けができるこの仕事が好きなの」

私はうなずき、「修理できる人を探そうよ」と提案した。納得してくれたアヤメは、黄泉の国で修理できそうな魂を探し始めた。薄暗い中、彼女の指が光の糸のように動き、空間に浮かぶ無数の魂の中から一つを選び出した。その光景は幻想的だった。

そして、一人の男性が浮かび上がった。「よし、その男性のもとに行ってみよう」と私はアヤメとともに決意した。

瞬間的に周りの景色は変わり、いっそう薄暗い世界に移り変わった。空には大きな月に靄がかかり、小川が静かに流れていた。周囲には草木が神秘的な光を放ち、川辺には一人の男性がいた。私以上に彼の姿は透けており、暗くぼんやりとした輪郭だった。

第六章　男　性

男性は、川の流れをじっと見つめていた。その姿は、なんとも言えず静かで、どこか遠くを思わせるような雰囲気を持っていた。私はアヤメとともに、ゆっくりと男性に近づいたが、彼の周りには静かな空気が漂っていた。私たちは言葉を交わさずに、男性のそばに立ち、彼の存在を静かに感じ取っていた。

「こんにちは」と私は男性に声をかけたが、彼はただ小川を見つめ続け、反応は無かった。

「何かお困りですか？」

アヤメが彼に話しかけても、彼は同じく無反応。私たちの声が聞こえないのか、応答したくないのか、ただ時折ため息をつくだけ。私とアヤメは彼と会話ができる距離に座り、静かに小川を眺めることにした。

小川はその表面を輝かせながら、ゆっくりと滑らかに流れる。その光景をぼんやりと眺めているうちに、時間の流れが忘れられるようだった。周囲の草花は、青色や紫色をしており、見たことのない珍しい種類が多くあった。

その時、私はあることに気づいた。私には影がなかった。アヤメには影があったが、その男性にも影はなかった。これは一体何を意味しているのだろうか？　私は深く考え込むとともに、この不思議な世界の一部を感じていた。

そこで私は、隠すことなく、素直に自分の話をしてみることにした。もしかすると、この男性も何か反応してくれるかもしれないと思ったからだ。

「私は前世で、趣味で写真を撮っていました。特に夕方の風景や、遠くに広がる山々の写真を撮るのが好きでした。それらの景色をカメラに収めることで、自分がどれほどこれらの光景を愛しているかを再確認できたのです」

私は、少し息をつきながら、川の流れを見つめ続けた。男性もアヤメも、依然として何も言わず、ただ静かに聞いているようだった。

「私は時々、自分が生まれてこなければよかったのではないかと思います。子どもの頃から、人に嫌われることを恐れ、いつも愛想笑いばかりしていました。学校を休んでも誰も気づかないし、登下校もいつも一人でした。昼食の時間、他の子たちはグループで食べている中、私はいつもひとりぼっちでした。誰も私を誘ってくれませんでしたし、私には彼らのグループに入る勇気もありませんでした」

私は少し間を置き、続けた。

「大人になっても、忙しさにかまけて親との連絡を絶ってしまいました。母が亡くなった時、仕事のために付き添えず、お葬式にも出席できませんでした。その後、そのことに怒った父とも音信不通になりました。さらに、短い結婚生活の後に妻にも去られてしまい、私は自分の人生が何だったのか、と思うことがあります……」

私はそう言いながら、川の流れを見つめていた。男性もアヤメも、変わらず静かに聞いているようだった。この話をしたことで、私も自分の過去について、深く考え込んでいた。しばらくして、アヤメが静かに言葉を続けた。

「私は、ここに来る人たちが前世の出来事を少しでも納得できるよう手助けをするために差し向けられました。何か迷っていることや納得できないことがあれば、遠慮なく言ってください」

沈黙が続いた後、ようやく彼が口を開いた。

「私は、画家でした」

「えっ？」

アヤメは驚く声を上げたが、彼の話に耳を傾けるためすぐに沈黙を守った。

「私にとって、絵は自己表現の手段であり、創造的な喜びでした。また、他の人とのコミュニケーション手段でもありました。ただ、作品は全く売れず、生計を立てることができませんでした。才能がなかったのです。最後には、私は、やはり一人でいました。私は若い頃、ある会社でプログラミングの仕事をしていました。そして、同じ会社のハードウェア部署の女性に心を奪われました」

男性は静かに語り続けた。「彼女に告白し、付き合うことになりました。休日も常にともに過ごし、何をするにも一緒でした。彼女に深く魅了され、十年が経ち、結婚を考え始めました」

しかし、彼の表情は徐々に曇り、さらに小声となる。

「その頃、私は趣味で描いていた絵に本気で打ち込むことを決心し、今の仕事を辞めて絵画一本で生きていこうと考えていました。しかし、この決断が私たちの間に亀裂を生じさせました。やがて、私たちの関係はぎくしゃくし、結局は別れることとなりました。住む場所も変え、意地でもこの仕事で成功すると意気込み、がむしゃらに絵を描き続けました。しかし、納得できる絵が全くかけない。お金も底をつき、食べていくのがやっと。やがて、彼女のことを思い出すようになりました。やはり、彼女が必要だと。しかし、すでに彼女は転居しており、また電話番号も変え、メールも届きませんでした。会社も退職していたのです。私は彼女がよく行っていたお店や、彼女が過ごしたであろう場所をさがしました。しかし、彼女の姿はどこにもない。あの時の選択が間違っていた……」

男性は言葉を絞り出した。周りが映像に変わった。彼が会社で仕事をしている様子と、彼が一目惚れした女性との出会いが映し出されていた。彼の目は彼女を見るたびに輝き、彼女への感情は日に日に深まっていく。

続けて、彼が絵を描いている様子を映し出す。彼の筆がキャンバスに色を重ねる様子は、その内面の情熱を象徴している。彼の作品は色鮮やかでありながら、どこか寂しげな雰囲気を持っている。映像は、彼の悲しみと後悔が交錯する表情を捉え、女性との楽しかった日々のフラッシュバックと、最終的な別れのシーンを描く。

さらに彼女と別れた後、一心不乱に絵を描く姿を捉える。キャンバスに向かい、筆をとる彼の手は疲れ果て、しかし必死に絵を描き続ける。部屋の中は荒れ放題で、絵の具のチューブやキャンバスが散乱している。そして、それ以降の彼の孤独な人生、やがて、老人ホームで最後のシーンを迎える。

映像を見て、私は「えっ」と声を出した。画面は別れた後の彼女の様子を捉え続けていた。彼女は二人がよく訪れたカフェで一人座っていた。彼女の目は誰かを探しているように見え、コーヒーを飲みながら寂しげに思いにふけっている様子が映し出されていた。またかつて二人で、住んでいたマンションの前に立つ彼女の姿も映し出された。夜、辺りは暗い。今は他人が住んでいる部屋の窓の光を彼女は孤独に眺めていた。これを見た男性は息をのみ、「そうだったのか……」とつぶやいた。

映像は変わり、二十代の青年が美術学校に通っている様子が映し出される。彼は銀座で開かれていた個展を訪れ、偶然、一枚の絵に出会う。その絵の女性は彼の祖母の若い頃に似ていると思い、祖母をその個展に誘う。

個展会場。暗い室内で、その絵だけが明るく照らされている。絵を見た彼女は驚いた表情を浮かべ、瞳が輝く。瞳の内側から光が漏れ、暗闇の中で涙が光るように見えた。彼女はじっと動かず、その絵を見つめ続けていた。絵の作者はこの男性だった。青年が「これって、おばあちゃんの若い頃じゃない？」と尋ねるが、彼女は何も言わず、首を横に振った。

他の作品を見たのち、その会場を出て地下鉄の駅に向かった。歩きながら「あの絵は、私によく似ていたわね」と彼女が言った。そして、「好きな人、いるの？」と青年に尋ねた。

「うん、いるよ」

「本当に好きなら、絶対にその人と離れてはダメよ」

と彼女は一言、その青年に告げた。過去の自分に言い聞かせるように。

男性はこの映像を見て涙を抑えることができなかった。男性の心には後悔の念が満ち、自分の選択が誤りだったという自覚と、それでもなお彼を愛し続け、彼を探し続けてくれた彼女への感謝が交錯していた。また、彼女が今も幸せであることを知り、安堵の息をついた。そして、彼が亡くなってから、彼の描いた絵が評価されていることに、良かったと心から感じた。

アヤメの声が優しく響く。

「あなた方は、本当に愛し合っていたのですね」

そして、時が静かに流れる。周囲の靄《もや》が晴れていき、少し明るく感じられるようになる。そして私は、彼に向かって語った。

「あなたは、老人ホームで亡くなったのですね。あなたを最期にお見送りさせていただいた医者、実は私です。最期の時間、ご一緒できて光栄でした」

彼とアヤメは驚きの表情を浮かべた。私が見守った、孤独な最期を迎えた老人ホームの男性の死。その男性が、今、目の前にいるこの男性だったのだ。彼は静かに頭を下げ、「ほんとうかい？迷惑かけたね。ありがとう。ありがとう」と言葉を返した。

第七章　出会い、そして別れ

「ちょっと、お願いがあるのですが……」私はためらいながら言葉を続けた。

「黄泉の国で働いているアヤメは実は機械で、最近、システムエラーが頻発しています。そして、彼女はもうすぐ廃棄処分される運命にあるのです。彼女を救いたいのです。助力をお願いできませんか?」

男性は少し驚いた様子で目を見開いたが、やがて温かな笑顔を見せた。

「断る理由などありません。しかし、専門を離れてからは趣味でしか関わっていないので、私にできるかどうか……」

彼は一瞬躊躇したが、「とりあえずやってみましょう」と優しく言ってくれた。

そうして、我々は一緒にドックのある東洋風の建物へと向かった。ドック内の部屋に入ると、中央にはベッドがあり、周囲をディスプレイや機械が囲んでいた。男性は手際よくアヤメに発生しているエラーを確認し、修復作業を開始した。アヤメは静かにベッドに横たわり、周りの機械が忙しく動き始めた。

しばらくして、ディスプレイに映し出されたデータを基に、男性は何度も確認し、入力を繰り返した。どれだけの時間が経過したのだろうか。再起動されたアヤメがゆっくりと目を開けた。

「どうだい？　気分は」

「ええ、大丈夫です」

「なんとか、私でも直せるエラーでした。これで大丈夫です」

と彼は安堵の表情を浮かべた。私たちは何度も感謝を伝えた。しかし、男性は言葉を続けた。「ただ……実は……」彼は少し躊躇しながら明かした。「アヤメにプログラミングされている内容、それは私がかつて関与したものかもしれないのです。プログラミングには癖があり、その癖は作った人によって現れます。アヤメのプログラムを見ていると、私の手法と似ている。自分がかつて関わったプログラムによって今、私が助けてもらうとは……これも何かの運命なのかもしれませんね」と彼は微笑んだ。

それから私たちは彼の過去の話、かつて勤めていた会社のこと、アヤメが黄泉の国で経験した出来事など、深い話に花を咲かせた。

それぞれの運命が交錯し、今ここに繋がっているという事実に、不思議な縁を感じずにはいられなかった。

やがて、川の流れに乗って静かに現れた小舟は、導かれるように川岸に寄せられた。男性は、まるで長い旅の準備が整っていたかのように、静かにその小舟へと足を踏み入れた。「本当に、お世話になったね。ありがとう」と頭をさげながら、小舟はゆっくりと流れ出す。そして、いつの間にか彼の姿は消えていった。

第八章　思い

「さあ、今度はあなたの番よ」とアヤメが私に向かって言った。

「黄泉の国に長くいるということは、何かに納得できていないのよ」

その言葉に続いて映像は変わり、私の母が入院している様子を映し出した。母は胃がんで、発見時にはすでに手遅れだった。父が週に二回、洗濯物を交換しに病院を訪れていた。映像は母の病室に移り、私の心配をしてくれる母のメールを映し出す。

〝元気？　風邪はひいていない？　患者さんの対応で忙しいのでしょう？　体に気をつけて、患者さんを大事にしてあげて〟

しかし、映像での母はベッドからいつも部屋の入り口を、誰かを待っているかのように見ていた。母の容態は徐々に悪化し、ついに昏睡状態に。父からのメール〝帰ってこい〟が届くが、私は大学の受け持ち患者さんの容態が悪化したために帰れなかった。母は酸素マスクの下で私の名前を繰り返していた。枕元には、大学の医局に入った一年目の白衣姿の私の写真。

そして映像は、母が亡くなったことを伝える父のメールと、私がお葬式に参列できなかったことを映し出す。父と母だけのお葬式。他に誰も来ないお葬式。実際には見ることはなかったが、母の死に顔は、本当に綺麗だ。僕を、心底愛してくれた母。ずっと心配してくれていた母。最後に、会いに行くべきだった。

仏壇に飾られた母の写真、その優しい笑顔。映像は、私が母のお葬式に行かなかったことによって、父との間に生じた深い断絶を映し出す。私は無口な性格だが、父はさらに無口で昔気質の人だった。その態度から私は父が相当怒っていると感じていた。映像は、父が毎日仏壇にお線香をあげ、母に語りかける姿を捉える。その声は静かで、しかし心からの思いを込めたものだった。

次の瞬間、私は「えっ?」と驚く。映像には、母の遺影に向かって父が私のことを話している様子が映し出される。私が小さい頃、よくオネショをしていた話や、働き始めた私のことを心配する言葉。父の心には、私が思っていたようなわだかまりはなかったのだ。母と同じように私を愛し、ずっと心配してくれていた。

続いて映像は老人ホームにいる父の姿へ。私はその姿を見て、驚きと同時に一つの安堵を感じた。父は現在寝たきりの状態でほとんど反応がないが、まだ生きていた。私の心には、父母への不義理と父の現状への心配がずっと残っていた。

「両親に対しては、本当に私の行動は悪かったと思う。お父さん、お母さん、本当にごめん。結局、僕の味方は両親だけだった。また、お葬式の後も父が怒っていなかったこと、まだ生きていることもわかった。父に会いに行けなかったことは残念だけど……」と私はつぶやいた。

「今のご両親に対する思いを、素直にこの花に念じて」とアヤメが私に言った。私は彼女の言葉に従い、近くに咲いていた花に向かって目を閉じ、心の中で語りかけた。周囲は静かで、ただその花だけが小さな光を放っているかのように見える。そしてスーッとその場から消えた。

再び映像は老人ホームに切り替わる。周囲には見回りの職員もいない。深夜であろうか、父が横たわっているベッドの斜め上の真っ暗な空間に、突如としてその花が現れる。

それは〝一輪のアヤメ〟。青白い怪しげな光を放ちながら静かに輝いている。普段は目を開けることもない父が、そのアヤメを見つめている。彼の目にはやさしさが満ちていた。そして、ゆっくりと涙をため、かすかにうなずくような仕草を見せた。その瞬間、〝一輪のアヤメ〟は静かに消え去った。

その映像は、長い時を経て再会した息子への愛と思いが映し出されていた。

私は声を出して泣いた。何のためらいもなく、小さな子どものように。

最終章　旅立ち

私は、一つの区切りがついたことを感じた。そして、小舟が川岸にとまる。

「お別れね」アヤメはそう言った。教えられたわけではないが、その舟が私を迎えに来ていることはわかっていた。舟に乗り込む。川の水面には私の影が映っていた。ゆっくりと川下へ滑り始めた。

突然、周りの景色が映像に変わった。驚いた私はアヤメを見つめる。彼女は小さくうなずき、映像は私の生まれた瞬間へと変わる。両親が微笑みながらベッドの中、生まれたばかりの私を見つめている。幸福な時間。

次に映像は、小学校の運動会の昼食時へと移る。当時、共稼ぎで忙しい両親が、何とか昼食の時間に間に合い、校舎の片隅で、三人で一緒に母の手作り弁当を食べた。決して裕福な暮らしではなかったので、他の人たちが持参する豪華な弁当とは異なり、質素なお弁当だった。でも、本当においしかった。そして嬉しかった。

映像は、中学時代の私が問題を起こし、学校に母が呼び出された瞬間へと切り替わる。母は「もう中学生なのだから」と言いながら、厳しく叱らずに私を慰めてくれた。ありがたかった。

次に映し出されたのは、浪人生活を経て、大学に合格した時の喜びの瞬間。両親はとても喜んでいた。その夜、無口な父と初めて二人で飲みに行った。居酒屋で会話はなかったが、心の中で父が喜んでいることが伝わってきた。

この映像は？　私が白衣を着て、病棟にいる。そうだ、私が医師として大学で初めて受け持った女性の患者さんだ。彼女は膠原病を患い、大きな合併症があった。彼女もつらかったであろうが、私も必死だった。その女性はなんとか危険な状態を乗り越えられた。彼女のベッドサイドで、その女性とその子どもさんからもらったバレンタインチョコ。忘れない。

なつかしい映像が次々と映しだされる。悪いことばかり覚えていたが、こうしてみると、まんざら悪くない人生だった。

川を下るにつれ、暗闇の中、遠く下流の方に小さな光が見え始めた。その光は徐々に大きくなり、輝きを増していく。向こう岸で、アヤメがまだ静かに私を見送っていた。

私は彼女に向かって深く一礼し、再び映像の世界に目を戻した。背中には、穏やかな風が感じられ、その風は次第に強くなっていった。やがて、光はますます強まり、私を包み込むようになる。

その光の中で、意識は徐々に朦朧としてきた。

「ありがとう、ありがとう、ありがとう……」

私は心の中で何度も何度も呟き続けた。


やがて、何事もなかったように、人影のない、小舟だけが川下に流れていった。

太陽の下15分で読む物語

蒼《あお》い

彼女との突然の別れ

〝今、仕事が終わったよ。今から帰るね〟

〝駅に着いた。雨が降りそうだね。駅前のお店で愛美《まなみ》が好きそうなクッキー売ってた。買って帰るね〟

LINEを送った。

マンションに帰り着き、エレベーターで階を上がった。部屋に着き、ドアを開けた。真っ暗な部屋。

「愛美？　いないの？」電気をつけ、中に入る。

「……寒い」

ふと出た言葉。雨の音が窓を叩く夜。

買ってきたクッキーをテーブルに置いた。

海斗は冷蔵庫から牛乳のパックを取り出し、そのまま飲み干した。

カーテンを開けて外の景色を眺めた。窓に映るのは、海斗の姿のみ。

「やっぱり、いないか……」

恋人だった愛美は、二年前に交通事故で急にこの世からいなくなった。海斗は未だにそのことを受け入れられなかった。

彼女に届くはずのないＬＩＮＥ。今も送っている。


僕らの日常はシンプルだった。

休日の日には二人が好きな映画を見て、カフェ巡り。夜は食後に近所を歩く。その途中のたわいもない会話が楽しかった。彼女の笑顔、彼女の声、彼女のすべてが僕の日常の一部となっていた。

しかし、ある日、その日常は突然剥奪された。あの日、雨の夕方、愛美は大好きだった蒼い色のセーターを着て、手を振って「買い物行ってくるね」と言って家を出た。

そして四時間後、愛美の父からの突然の電話。彼女は二度と帰ってこなかった。

その時の彼女の笑顔、最後のキス、彼女の香り。すべてが鮮明に蘇る。愛美はお別れの言葉も言わず、僕の前から急にいなくなった。

風のように消え去った娘

娘の愛美がこの世を去ってから二年が経った。愛美はまるで風のように私（啓介）の生活から静かに去ってしまったが、彼女の記憶は夢の中で生き続けている。今朝も、愛美が「パパ、パパ、起きて」と優しく呼ぶ声で目覚めた。まるで彼女がまだここにいるかのように、私の耳にそっと囁《ささや》く。

愛美は幼い頃から歌が大好きな子だった。彼女の歌声は私の心にいつも響き渡り、その澄んだ声は私たちの生活に温かい光をもたらしてくれた。

彼女の大切な宝物、それは蒼色のタオルケットだった。色あせたタオルケットを抱きしめる愛美の姿は、私の目に焼き付いて離れない。ボロボロになるまで大切にしたタオルケットを、彼女は小学校高学年になるまで使い続けた。

私はロボット工学のチーフエンジニアだったが、前の会社を辞めて起業。人間型ロボットを作っていた。このロボットたちはただの機械ではなく、自分で考え、動き、会話を交わすことができた。まるで人間のように。

当時の日本は、危機に瀕していた。働き手の不足は日ごとに深刻さを増し、街の隅々までその影響が及んでいた。私のロボットたちは、そんな社会に一筋の光を投げかける存在だった。コンビニのレジから品出しまで、彼らは黙々と、しかし着実に仕事をこなした。動きはまだぎこちないものの、彼らはたちまち大ヒット商品となった。

しかし、そんな光り輝く成功の裏で、私の心には暗いものがひっそりと影を落としていた。仕事への情熱は燃えさかる一方で、家庭という港は遠のいていくばかり。

愛美が中学一年生の夏、その重みを感じさせる事件が起きた。妻が、言葉もなく、突如として姿を消した。私と愛美は、考えられるすべての場所を探した。しかし、妻の消息は全くつかめなかった。

その年の冬、興信所から連絡がきた。それは、中野のマンションに、妻の影があるという知らせ。しかし、彼女は一人ではなかった。別の男性と共に、日々を過ごしているという内容だった。彼女が別の人生を歩み始めているというその事実は、突きつけられた氷のように冷たく、私の心に深い裂け目を作った。愛した人が急にいなくなり、他の男性と暮らしているという現実に、私はただ、息をのむことしかできなかった。

私の心は怒りと絶望の間で振り子のように揺れたが、愛美には平静を装った。

意を決して、私は、その中野のマンションを訪ねた。自分の車の中に静かに位置を取り、二人が帰るのを待つこととした。時計の針が夜の八時を指したとき、その男性と二人で楽しそうに妻は帰ってきた。私の心は、煮えたぎる怒りと深い絶望を感じていた。息が白い雲を描きながら、私はそのセキュリティドアの前に立ち尽くした。

躊躇《とまど》いながら、運命の部屋のベルを押す手は震えていた。一度押せば、すべてが変わる。その音はただのベルの音ではなく、終わりを告げるベルとなるだろうということは予測できた。

運命の回廊に響く不吉なエコー。

「どなたですか？」懐かしい彼女の声。

「俺、啓介」

沈黙――。そして、ドアの向こうで相談しているのだろうか、ささやき声が漏れ聞こえた。

「今、そちらに行くから。待ってて」と彼女は答えた。

ガラス越しに、彼女が姿を現した。セキュリティドアは開けてくれなかったが、異質でありながら痛切に慣れ親しんだ人物の姿がそこにはあった。

「どうして……」私は言った。

かつて彼女の瞳に踊っていた愛情の痕跡はなく、その代わりに冷たい無関心がそこにある。彼女の声が、言葉が、私の残された決意を削ぎ落とす刃となる。

「なぜ来たの？　私があなたの無視の中で孤独に枯れていきながら、静かに陰で生活を続けるだけの女性でいると思ったの？」

「愛美はどうする？」私は続けた。

「……」沈黙。

しかし、彼女の視線には新しい生命が宿っている。それは私の存在なしで輝いている。

「今の私には、私を見てくれる人、私を必要としてくれる人がいるの。あなたには決してできなかったことよ。二度とこないで。あなたを見ると気分が悪くなるわ」

私は言葉を失い、彼女の深い悲しみと決別の宣言が、ただ重たく心に響いた。彼女の叫び声が、切なくも遠く消えていく中で、私は沈黙するしかなかった。私は君と同じものを見ていると思っていたが、君は、別の何かを見ていた。

私たち夫婦は、それぞれの道を歩むことに決めた。愛美はその事実に触れようとはしなかった。全てを悟っていたのだろう。この時が来ることも。そして、その事件の後も、いつも明るく健やかな笑顔を私に向けてくれた。心底、やさしい子だった。

私は娘との日々を何よりも大切にした。毎朝彼女のためにお弁当を用意し、学校の行事には欠かさず顔を出した。娘との限られた時間を大切にするために。私にとって愛美との時間が宝物だった。

愛美は無事に東京の短期大学を卒業し、その後、海斗君という若者と出会った。彼は礼節をわきまえた良い青年だった。二人は結婚を前提に交際していた。だが運命は残酷だった。ある夜、警察からの一本の電話が全てを変えた。

「娘さんが交通事故に遭われました。すぐに病院へお越しください」

心臓が凍り付くような緊急の呼び出しに、私は病院へと急いだ。しかし病室に足を踏み入れた瞬間、そこには、愛美が悲痛なままの静けさで眠るように横たわっていた。信じられない現実に打ちのめされ、私は力を失い、床に崩れ落ちた。涙が止まらず、心の中で叫んでいた。

愛美の突然の死を、私は海斗君に伝えなければならなかった。携帯電話を手に取り、その重さを感じながら、彼に電話をかけた。

「愛美が……交通事故にあって……」

と絞り出すように告げると、電話の向こうで彼も息をのんでいた。どうすれば愛美を少しでも感じ続けられるのか、私の心は混乱し、渦巻いていた。

愛美をもう一度感じたい。そんな切実な願いを胸に秘め、一線を越える決意を固めた。私の会社で開発中の、ある製品。これを愛美に使ってみることにした。それがたとえどんな結果を招くとしても。

あの事故から二年後

あれから二年。私は仕事に没頭した。娘との突然の別れを少しでも忘れるために。

東京の幡ヶ谷で会社を営む私は、革新的なコンビニ用ロボットを開発している。私はロボットがもたらす快適さを探求し、市場の声を直接聞くために営業部のチームとともに、現場を訪れることが多い。出荷時には、歩行能力、会話能力、そして接客スキルを完備したロボットたちは、新たな家となる店舗で、掃除や在庫管理を行うためのデータを学び取る。経験を積むごとに日々アップデートを続け、店舗とともに成長していく。

時が経つにつれ、ロボットたちも進化し、よりスムーズな動きと自然な対話能力を身につける。しかし、残酷な宿命として、バッテリーの寿命は短く、わずか二〜三年で彼らは廃棄される運命にある。

今や、天井のカメラが客の買い物を監視し、店を出る際に決済を担うシステムと我々のロボットによるシステムが、小売業の半分ずつの割合で採用されている。ある日、営業部長から連絡があった。笹塚の店にいる当社の製品の様子がおかしいというのである。私は営業部の担当者と一緒に、その店に出向くこととした。

その店は甲州街道沿いにあった。中に入ると、二〇〇〇年代の懐かしいJポップが流れていた。

店長から相談があったのは、当社の製品〝メイ〟のことだった。

問題は三つ。まず一つは、出荷されて二年。そろそろバッテリーが劣化しているせいか、時々しゃべらなくなる。次に、店で流れている音楽。このチェーン店の規定で普段はお店の専門チャンネルを流すのだが、ここ最近、メイは今から四十年ほど前のＪポップのチャンネルを選んでしまうこと。

最後に、お弁当。店内にキッチンがあり、希望があればマニュアルに沿ったお弁当を作るのだが、あるお客様から依頼されるお弁当だけは、マニュアルにはないお弁当を作ってしまうそうである。

私はメイと話してみることにした。

「こんにちは、メイ。今日の調子はどうかな？」

優しく問いかけると、彼女は穏やかな声で応えた。

「お疲れ様です。今日は空が高くて、心が晴れやかですね」

彼女の言葉には、まるで人間のような温かみがあった。

私は、メイの行動を探るため半日を費やした。商品の整理、掃除、顧客対応と、彼女の動きには完璧なものがあった。確かに、バッテリーが切れ始めているのか、時々言葉や動きに変な間があった。

午後三時、例の男性客が現れ、お弁当を注文して帰った。午後五時、そのお弁当を受け取りに来たのは、小学生の女の子だった。私はそのお弁当を見て息をのんだ。まるで過去からのメッセージのように見覚えがあった。それは愛美のために、私が愛情を込めて毎日作り続けたお弁当。見た目は決して立派ではなかったが、愛美の笑顔のためならと、海苔でキャラクターを作った。喜んでほしいという一心だった。はっきり言って、中高生の女の子のお弁当ではないであろうに、愛美は何一つ文句もいわず、喜んで持っていってくれた。そのお弁当が、今、目の前にある。

PRODUCT
M1887114....

手が震える中、私はメイの製造番号を確認した。〈M１８８７１１４……〉そう、これは違いない。

愛美がこの世を去った後、私は彼女が生まれてから事故に遭うまで自宅にあった写真や文章、カメラや携帯電話に残されたありとあらゆるもの、そしてあの事故の状況など、できる限りのデータを当社のある製品に入力した。しかし、当時はうまく機能せず、単なる記録であり、絶望の中であきらめていた。それが、この「メイ」だったのだ。

先ほどの二〇〇〇年代のＪ－ＰＯＰも、私が口ずさんでいた曲だ。愛美がまだこの世に生まれてもいない時代の曲を、私の影響で好きになり、一緒に歌ってくれたのだ。

小学生の女の子がお弁当を持って帰った後、私はためらいながらメイに尋ねた。

「なぜ、あのお弁当を作ったの？」

メイの答えは簡潔だった。

「あの子が喜ぶと思ったからです」

ただそれだけだった。予期せぬ答え。製品が感情を持ち、人を喜ばせようとするなんて……。それは、あり得ないはずだった。

だが、返事はそれだけ。私のことを父親とは認識せず、他には何も考えていないようであった。

とりあえず店長には、「対応は社に持ち帰って検討し、後日返答させてください。また、お弁当を注文した男性にも話を聞かせていただきたい」と願い出た。

後日、この男性と話すことができた。彼は温かな家庭を持つ男性で、愛する妻と小学生の娘との幸せな日々を送っていた。しかし、妻は乳がんという病魔に奪われ、半年前に亡くなった。残る家族は男性と娘のみ。それから彼は、早く帰れない日はこの店にお弁当を注文し、娘が学校帰りにそれを受けとって家に帰り、一人で夕食をとっているそうだ。最近は非常に忙しく、注文する日が多いとのことであった。

この男性の話を聞きながら、私はふと愛美のことを思い出した。家出と病死。状況は異なるものの、彼女と同じように母親を失った少女の存在。

きっとメイは、愛美の記憶とあの少女を重ね合わせていたのかもしれない。愛美の小さな頃からのデータ、この店での多くの情報、そしてあの親子との出会いが今回のような奇跡を起こしたのかもしれない。それはまるでドラマの一幕のように、運命が交差していた。

私は、データがさらに増えれば、愛美の感情がもっと鮮明に甦るかもしれないと思った。しかし、メイのバッテリーや本体の劣化は否めない。急がなければ……。そこで、私は海斗君と連絡を取った。愛美の葬儀後に彼女のデータを製品に入力したこと、それが当時は記録としてしか反応しなかったこと、そして今、メイが何かを始めようとしていることを告げた。

海斗君はそれ以降、会社帰りに笹塚駅でわざわざ降りて、この店に足を運んでくれた。店へ向かう彼の一歩一歩には、愛美への想いが込められていた。それはまるで、失われた時間を取り戻すかのように……。

海斗は、長い一日の仕事を終えて、今宵もまた疲れた足を店へと向けた。週に何度かの訪れは、彼にとって小さな慰めとなっている。お店の中で彼が手に取るのはいつも同じ、牛乳とパン。これが彼にとっての夕食だ。

レジに向かうと、いつものようにメイが待っていた。「いらっしゃいませ」という彼女の声は、今日も変わらずに海斗の心に響く。メイが告げる金額、そして「ありがとうございました」という言葉。それは他の店員と何ら変わりはないが、海斗にとってはその小さな交流が、愛美への思いを繋ぎとめる儀式のようなものだった。

家へと帰り着いた海斗は、買ってきた牛乳をパックのまま、一息に飲み干す。コップを使わないのは、彼の昔からの癖。そして、部屋の隅に置かれた愛美の写真を見つめながら、心の中でつぶやく。

「本当にメイの中に、君がいるのかな?」

それはただの独り言ではない。愛する人への切なる願い、彼女の魂がどこかで生き続けているという希望への問いかけだった。

翌日、海斗はその日も仕事で疲れ切った身体を引きずりながら、彼の心の憩いの場である笹塚の店へ足を運んだ。店内の明かりが彼の心をほんの少し温めてくれる。だが今日も、メイの反応はいつもの通り、変わりなかった。


啓介は海斗からの突然のメールを受け取る。

「今もメイのところに行ってきました。でも、愛美は現れませんでした。それでも、愛美と出会えたことに本当に感謝していきます。ありがとうございました」

そのメッセージは、啓介の胸に深い不安を植え付けた。

彼は即座に笹塚の店へと向かった。甲州街道の渋滞を避けて電車に飛び乗るが、駅に着いた時、京王線下り電車は人身事故で止まっていた。駅の人だかりの向こうには、牛乳とパンが入った袋が落ちていていた。その場で彼は海斗に電話をかけた。しかし、その呼び出し音は落ちていた袋の中から聞こえてきた。

啓介はお店に急ぐと、メイに重い口を開いた。

「海斗君が電車に飛び込んだみたいだ」

その言葉にメイは動きを止めた。バッテリーのせいかもしれないが、彼女の反応は明らかに違った。

そして、静かに「まあ、それは大変ですね」とだけ返してきた。その瞬間、啓介は悟った。かつての愛美の面影をメイの中に見ることは決してできないのだと。それは、悲しみの深みに沈む啓介の心に、冷たい現実の水を浴びせるようだった。

時は流れ、ある日、店からの連絡が届いた。例の少女にお弁当を渡した後、メイは動かなくなってしまったという。担当者とともに店に駆けつけ、彼女を見つけた。目を開けたまま、腰をかがめた姿で静止しているメイ。彼女のそばに立ち、何も言葉は出なかった。

代替え機を店に設置し、私はメイをそっと回収した。会社の工場で、冷たく静まり返ったメイと再び対面する。夕陽が彼女の顔に優しく触れる。目を開けたままのメイ、そんなはずはないのに、その瞳には涙が浮かんでいるように見えた。

私は思った。それはただの機械の誤作動かもしれないが、心のどこかでメイが、愛美の記憶、海斗君が愛美を愛する心と絶望、少女の孤独を感じ取っていたのではないかと。そしてその涙は、忘れてはならない、深く切ない愛の記憶なのだと。

あれから十五年

　これが、啓介おじさんから話してもらった物語。あのとき以来、私たち親子をおじさんは気にかけてくれるようになった。私の中に、愛美さんを見ていたのかもしれない。私は今年、愛美さんが事故にあった時と同じ二十四歳になる。先日おじさんは、愛美さんと海斗さんとおじさんの三人で楽しそうに映っている写真を大事に見ながら、この話をしてくれた。その時おじさんは、古い写真を指でなぞりながら、その記憶を温かく語ってくれた。写真の中では、愛美さん、海斗さん、そしておじさんがリビングで笑顔を浮かべている。

メイはただのロボットではなかった。私に温かいお弁当を手渡す彼女の手は、どこか人間の優しさをはらんでいたように感じた。お店で買った牛乳を私に一緒に渡す際も、「直接飲まずに、コップを使いなさい」という彼女の声には、いつも亡くなった母のような温もりがあった。そして私が蒼色の服を着ていると、彼女は必ずと言っていいほど私を褒めてくれた。

おじさんにこのことを話したとき、彼は遠くを見つめながら、何かを感じているようであった。でも、あれ以降、人の記録をロボットに入力することはやめたそうだ。人間は、それぞれの思い出の中で生きていくもの。過去の人間を模倣することは、冒涜に値する行為だと思ったそうだ。

けれどもおじさんは言った。「これは決して悲劇の物語ではないよ。太陽が照らす下での、温かい物語だよ」と。私の小さい頃に、静かに、しかし確かに、一つのドラマが存在していた。

幼いころの私と父と亡くなった母の三人の写真、そしてもう一枚の蒼い服を身にまとった私とメイを撮った写真に手を振り、今日も新たな一日が始まった。

＊この本は、作者ビーヘルが創作した文章をもとに、ChatGPTでカバー絵・挿し絵を生成しました。

短時間で読める心温まる物語

黄泉《よみ》の国のほとりで

併録・蒼い

二〇二四年四月十一日　初版印刷
二〇二四年四月十七日　初版発行

著者　ビーヘル ©

発行者　川口敦己

発行所　鉱脈社
〒八八〇－八五五一
宮崎市田代町二六三番地
電話　〇九八五－二五－一七五八

印刷
製本　有限会社　鉱脈社